노무현 대통령 10주기 추모시집

함민복 외

서문

찔레꽃처럼 떠난 사람이 있다
남이 아프면
자기의 몸과 마음도 아파서
봄이 오면
다시 피어나는 사람
시를 쓴 이도
붓을 든 이도
모두 한마음으로 그의 영전에 책을 바친다

2019년 5월
글 쓴 사람과 붓을 든 이들을 대신하여
함민복, 김성장 삼가

강물은 바다를 포기하지 않습니다

차례

그가

가끔 문득 고실
가득했던
어떤얼굴이
생각날때가
있다

꽃

그가
가렵고
싶었던
세상을
생각할때가
있다

핀다

봄이 오는 길목으로 꽃길이 열리면
그가 꽃피기도 한다

김남주 詩에서
빛나는 붓

그가 꽃 핀다

그를 처음 대면한 건 임기가 끝날 무렵
뜻대로 되는 일이 별로 없다며
공존의 가치를 곰곰 생각한다고 했다

그리고 참담한 그날 오전
나는 오대산 월정사 전나무 숲을 걷고 있었다
생명의 숲이라는 그 숲속에서 죽음의 소식을 들었다

그날 저녁
나는 대한문 앞을 지나고 있었다
큰 문 앞에 사람들이 모이고
누구는 울부짖고 누구는 망연자실한 듯
네온사인이 불야성을 이룬 서울의 하늘을 보고 있었다

모든 건 다 지난 후에야 실감하는 것이라고
세월이 그렇게 가르치는 동안
그의 선한 눈매와 일자 주름은 더 선명해졌다

갈 수 없다고 생각했던 봉하마을에 들렀던 어느 겨울
바람은 차나 햇살은 따뜻했다
어느 나무 아래에 한참 앉아 있었다

가끔, 문득 고심 가득했던 옆얼굴이 생각날 때가 있다
그가 가닿고 싶었던 세상을 생각할 때가 있다
문득 그리운 그 무엇이 목을 메이게 하는
그런 때가 있다

봄이 오는 길목으로 꽃길이 열리면
그가 꽃 피기도 한다

네 노래를 불러라

아직 보지 못한 세상 듣지 못한
세상이 있으니 그래 그렇다
여기 당신에게 돌려줄
나라가 있으니 당신은 당신에게
영원하소서

가릉詩에서 김재화붓

네 노래를 불러라

어떤 울음은 더 이상 노래를 가질 수 없지만
어떤 노래는 더 이상 얼굴을 가질 수 없지만
여기, 당신에게 돌려줄 나라가 있으니

감자가 울다가

울고 울다가 돌을

깨웠다

울음이 목까지 차올랐지만

당신, 보이지 않았다

무서워요 그래서 그리워요

죽는 일과 사는 일이 다르지 않다는

말을 해야 할지도

봉투 같은 걸 들고 울음을 꾹꾹

눌러 담아도 보이지 않았다

돌을 한 번 더 깨우려면

감자의 독을 꺼내 먹여야 한다네

네 노래를 불러라

아직 보지 못한 세상 듣지 못한

세상이 있으니

그래 그렇다 여기, 당신에게

돌려줄 나라가 있으니

당신은 당신에게
영원하소서

돌아오지 마라, 봄

-열 개의 봄에 부쳐

어느 봄 꽃잎 날려 눈처럼 쌓였다면
그 겨울 무릎까지 빠지던 눈 모두 꽃이었다

그 봄 꽃잎처럼 지는 것 모두 목숨이라면
어느 겨울 눈 녹아 흐르는 물 모두 눈물이었다

아홉 개의 겨울을 보내고 각오했을 터
이제 어느 산도 바위 아래 절벽을 만들지 않을 일
새벽달 한쪽 가슴 주르륵 헐어내며 약속했을 터
열 개의 봄을 딛고
이제 그 숲에서 부엉이 차마 울지 않을 일

겨울 녹여 꽃 피는 일만이 세상 일 아니라며
세상 걸음 참으로 더디고 더뎌도
사람들 피어나는 들판을 걷던 바보가
바보들이 되는 봄

어느 겨울 눈 내려 꽃잎으로 쌓였다면
이 봄 무릎까지 빠지는 꽃잎 모두
돌아오지 않는 바보들의 발자국이다

산수유꽃 지면 오는 사람
심은 나무에 새순 돋고
바람이 밀려오면
웃으며 손흔들며 걸어간 이여
얼음과 죽음의 바다 너머
그 너머에 무엇이 있나요
참혹한 세월을 견뎌
봄냄새 밀려오면 걸어갈까요
눈보라 속에서 하늘을 보며
눈물을 흘려
시대를 건너갈까요
해방의 봄을 기다리며
우리 수천 스만의 꽃송이 되어
해마다 그대를 따라 피어나리니
산수유꽃 지면 피는 사람

산수유꽃
지면

산수유꽃 지면

산수유꽃 지면 오는 사람

심은 나무에 새순 돋고

바람이 밀려오면

웃으며 손 흔들며 걸어간 이여

얼음과 죽음이 비다 너머

그 너머에 무엇이 있나요

참혹한 세월을 견뎌

봄 냄새 밀려오면 걸어갈까요

눈보라 속에서 하늘을 보며

눈물을 흘려

시대를 건너갈까요

해방의 봄을 기다리며

우리 수천수만의 꽃송이 되어

해마다 그대를 따라 피어나리니

산수유꽃 지면 피는 사람

꽃이 꽃으로 피는 곳
허공에 나부끼나 꽃으로
사라지고
바람이 와서
바람으로 돌아가는 곳

비유의 옷을 벗은 꽃이
제 그늘과 함께 붉어지는 곳
꽃이고 말고 아무것도 아닌
바람을 스쳐간 바람의 흔적이
상처의 상징으로
깊어지지 않는 곳

바람이 사람의
이름을 쓰지 않고
지나가는 곳

바람이 분다
바람을 가로지르며 꽃이
떨어진다.
바람이 붉어진다.

꽃   가야장 글봇

18

꽃

꽃이 꽃으로 피는 곳
뒷산에 나무가 나무로 자라고
바람이 와서 바람으로 돌아가는 곳

비유의 옷을 벗은 꽃이
제 그늘과 함께 붉어지는 곳
꽃은 꽃 말고 아무것도 아닌
벼랑을 스쳐 간 바람의 흔적이
상처의 상징으로 깊어지지 않는 곳

바람이 사람의 이름을 쓰지 않고 지나가는 곳

바람이 분다
벼랑을 가로지르며 꽃이 떨어진다
벼랑이 붉어진다

그런
아내를
제가
버려야
합니까

그 바보는 결국 대한
민국 16대 대통령이 되고
건국이래 대통령으로서는
처음으로 국가권력의 잘못에
대해 4·3 유족과 도민들에게
진심어린 사과와 위로의
말을 전하니라

김수열 詩에서 이미지붓

그런 아내를 제가……

-노무현

1

서울에서 월드컵이 열리던 해의 일이다

당시 같은 당 대선 경선 후보가 단상에 올라 한 후보를 물어뜯는다

-그 후보의 장인어른이 남로당 선전부장으로서 중형을 선고받고……

그 후보가 단상에 올라 단호하게 답한다

-음모론, 색깔론, 근거 없는 모략! 이제 중단해주십시오

눈시울이 붉어진다
주먹 불끈 쥐고 떨리는 목소리로 묻는다

-그런…… 아내를…… 제가…… 버려야 합니까?

2

그 바보는 결국 대한민국 16대 대통령이 되고
건국 이래 대통령으로서는 처음으로 국가 권력의 잘못에 대해
4·3 유족과 도민들에게 진심 어린 사과와 위로의 말을 전한다

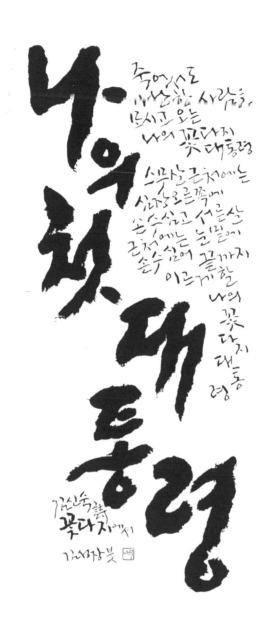

나의 꽃다지 대통령

죽어서도
버리지못할 사랑,
모시고 오는
나의 꽃다지
꽃 대통령

스무살 근처에는
시장 오른쪽에
손수 심고 서른살
근처에는 눈물에
손수 심어 끝까지
이르게 할
나의
꽃
다지
대통
령

가신속 詩
꽃다지에서

가영상 붓

꽃다지*

 아버지 기일에는 대통령 생각이 없는데, 대통령 기일에는
왜 아버지가 자꾸만 생각나는지 모르겠어요

 참기름집 밖거리 단칸방 살 때 나를 낳으셨지요 할아버지
할머니 아버지 어머니 언니 언니 언니 그리고 나는 태어나
가족이 여덟 명이 돼서 방에 모두 못 눕고 아버지 장롱 위
에서 잠을 잤다는 이야기 생각나요 아이들 이고지고 다니는
이사가 너무 힘들어 일수 얻어 가장 싼 땅을 사 무허가로 집
을 지은 아버지, 농부 중에도 가장 낮은 소작농이라, 오랫동
안 이자로 절절맸지요 그래도 무허가 집 텃밭에 오이랑 가
지랑 참외랑 호박이 계절마다 열리고 첫 열매가 맺히면 가
만히 바라보다 색 곱고, 가장 맛날 때 우리더러 따오라 심부
름 시키던 아버지. 집 다 짓고 막둥이로 아들도 하나 얻고,
빌린 돈 다 갚을 즈음 시커멓게 불타버린 우리 집에서 남은
것이라고는 텃밭에 오이와 가지와 어리고 연약한 줄기들.
소작농의 가족들이 아버지 등을 바라보고 있었지요. 시커멓
게 불타버린 집을 바라보던 등을 아직도 기억합니다 아버지
가시고 아버지 없이 첫 대통령을 뽑았어요 나의 첫 대통령
은 아버지를 닮았어요 언니와 언니와 언니와 나는 아버지가

없지만 아버지를 닮았다고 가장 닮은 건 밀털 때 손을 들어 올리는 습관이라고 웃었지요 가난해도 우리 집 마루는 수평 선을 품고 있었으니까요 이마 위 독한 주름이 닮았어요 아 버지 이마 위 수평선, 지평선, 땅 끝 바다 끝을 바라보던 근 심의 길들이 닮았어요

나의 꽃다지 대통령은 당신 기일에도 아버지 가장 힘들었 을 시절을 생각하게 만들지요 죽어서도 가난한 사람을 모시 고 오는 나의 꽃다지 대통령, 스무 살 근처에는 심장 오른쪽 에 손수 심고, 서른 살 근처에는 눈 밑에 손수 심어 끝까지 이르게 할 나의 꽃다지 대통령

나의 첫 대통령

*오이, 가지, 참외, 호박에서 맨 처음에 열리는 열매.

영혼이선한목수

오늘
한시대의
양심이
추락
했
다

당신이우리에게남긴것
은무엇인가오늘밤에도
부엉이바위로밤하늘
의별들이영롱하게빛나
는테미워하지않겠다원
망하지도않겠다그러나
그냥그렇게운명으로만
돌리기엔너무아쉬운사
랑잊지는않겠다당신을

김용락시 영혼이선한목수 中조원명붓

25

영혼이 선한 목수

-고 노무현 전 대통령을 추모하며

오늘 한 시대의 양심이 추락했다
오늘 한 시대의 진실한 정의가
바위에, 땅바닥에, 나뭇가지에 부딪혀
산산조각이 났다
찢어진 살점과 피와 뼈, 눈물로 튀어 올라
다시 꽃으로 피어나고 있다
무수한 꽃망울로 벙글어 부활하고 있다.

일찍이 나의 스승 권정생은
정치는 비정한 것이라고 말한 바 있다
상대를 거꾸러뜨리지 않으면
자신이 거꾸러진다고 말했다
인류의 스승 루쉰魯迅 선생도 말한 바 있다
물에 빠진 개는 두들겨 패야 한다고
그러나 당신의 순수는 결코
그 개를 두들겨 패지 못했다

'노무현 가치'를 이 지상에 탄생시킨
당신은 원칙적으로 옳았다
가난하고 못난 변두리 인생들의 벗을 자처한
당신의 고뇌는 빛났다
당신의 맑은 영혼은

강물처럼 온 누리에 넘쳐흘렀다
오월의 노란 민들레꽃
한 송이를 이 세상에 피워 올렸다

빈농의 아들, 고졸, 인권변호사,
비타협, 원칙주의자인
그런 당신을 나는 사랑했다
그런 당신을 나는 믿었다
당신은 철저한 비주류였다
비주류는 언제나 옳다
비주류는 언제나 선이다

그러나 당신은 현실에서는 부분적으로 오판했고
때론 미숙하기도 했다
어찌 보면 영혼이 선한 서툰 목수였는지도 모른다
그러나 결국 원론에서 언제나 당신은 옳았다

추위에 떨고 있는 장삼이사에게
제대로 된 집 한 채를 선물하기 위해
당신은 우리 곁에 온 것인지도 모른다
생계의 비바람 속에서
민초들이 몸을 숨길 온전한 집 한 채를
짓기 위해서 우리 곁에 왔다가

그렇게 홀연히 간 것인지도 모른다

그런 당신이 온몸을 던져
우리에게 주려고 했던 것은 무엇인가?
오월 찔레꽃이 만발하던 때에
논둑가 개구리가 잉태의 꿈을 꾸던 때
앞산의 뻐꾸기가 소리 높여 울던
그 오월 어느 날에
당신이 우리에게 남긴 것은 무엇인가?

오늘 밤에도 부엉이바위 위로
밤하늘의 별들이 영롱하게 빛나는데
미워하지 않겠다
원망하지도 않겠다
그러나 그냥 그렇게 운명으로만 돌리기엔 너무 아쉬운 사랑
잊지는 않겠다 당신을

(대구 노무현 추모문화제 낭송시)

28

살다 없다는 것은
설움이었다는 것도 없이
늙고 싶을 대신이고
일이었습니다

김용경 詩
가을들에서
정혜붓

기척들

그리운 사람을 떠올리는데 정작 얼굴이 떠오르지 않습니다
눈이 짝짝이었는지 눈동자가
갈색이었는지 검정이었는지

우리는 다정하게 찍은 사진이 한 장도 없고

어느 날 화들짝 당신이 떠올라
혹시 곁에 있는가 나는 미심쩍고

가령 빨래 삶는 냄새 같은 것
흰빛이 더욱 희어질 때 우러나는 경이 같은 것
어제 내린 폭설을 딛고 어룽어룽 피어오르는 봄 냄새 같은
것
간지럽고 두근거리고 아름답고 슬픈
갖은 기척들

물방울이 남긴 얼룩이 당신 얼굴이었다가
사라집니다
눈앞에 하얀 찻잔이 당신 몸처럼
식어갑니다

우리는 다정하게 찍은 사진이 한 장도 없습니다
이승 같은 이승에서 한 번도 우리는 만난 적이 없습니다

그런데 어느 날 화들짝 당신이 떠올라
혹시 곁에 있는가, 나는 웁니다
근심을 모르고 근면을 모르고 사뿐
날아오르는 노랑나비를 보다가 웁니다

소매 끝에 대롱 달린 단추를 보다가
그것의 목을 다시 달아야지 생각다가
목이 메는 기분으로 하루가 다 갔습니다

 살아 있다는 것은 결국 당신의 끝없는 꿈을 대신 꾸는 일이
었습니다

 인간이어서 죄송한 사람들이
 인간다움을 연구하는 사람들이
 안간힘을 쓰며 봄을 살아냅니다

평화의 큰 길에 서서 넘어져도

평화와 하나됨의 나라를 향하여
뚝벅뚝벅 두 발로 걸음 옮기시던
아우리들의 옛사랑 노무현 대통령
오늘도 빙그레 우리 곁에 서계신다

김준태 시 노래 노무현

닮은 김수경

노래, 노무현!

광주 금남로 푸른 벤치에 앉아
둥근 삼립빵 하나 뜯어 먹다가
빙그레 웃으며 내게 다가오는
노무현 대통령을 바라본다
김해 부엉이산에 올라 몸을 던져
마침내 그 몸과 영성으로
남북 8천만 온 겨레와 함께
권양숙 영부인과 손을 잡고
70년 휴전선, DMZ군사분계선 넘었네
평화와 '하나 됨'의 나라를 향하여
뚜벅뚜벅 두 발로 걸음 옮기시던
아 우리들의 옛사랑 노무현 대통령!
오늘도 빙그레 우리 곁에 서 계신다.

오철주이기어코
일어서서

불의에 굴복하지않아도 성공할수있는 나라 원칙으로 이기는 나라 불가능해
복잡나라 마침 갈아오 하지만 당신이 혼자 걸던 어로운 그 발자국에 엿대어 걸어
눈사람 사람을 벼랑에 물가에 사는 마을에 하얗게 피어나는 꽃같이 일어서서

김정환시인
오철의꽃씨서로라
배인석봉

오월이 꼿꼿이 서서 온다

당신이 떠난 뒤
고난과 시련을 꼿꼿이 이겨 내는 사람이 되고 싶지 않습니다

내일에 희망을 거는 바보로 살지 않겠노라
내가 못 가면 다음 사람이 그 길을 이어 가리라는 믿음도 버리리라
생각하고 또 생각했습니다

아무런 약속도 남기지 않고 떠난 사람
약속의 이름이 된 사람

오월이 되어도 꽃 한 송이 피우지 않겠습니다
한 생애의 빛과 눈물을 끌어안아 피운 꽃이
어떻게 꺾이는지 보았습니다

찔레꽃, 이팝나무, 산딸나무, 때죽나무
흰 꽃 산천을 덮어도 눈길 주지 않을 거예요

불의에 굴복하지 않아도 성공할 수 있는 나라
원리 원칙으로 이기는 나라

불가능해 보입니다
안 될 것 같아요

하지만 당신이 혼자 걷던 외로운 그 길
발자국에 덧대어 걷는 사람
사람들
벼랑에 물가에 사람 사는 마을에
하얗게 피어나는 꽃같이
일어서서
오월이
기어코 일어서서

하늘은높고
아득하다
뒷산위에
뜬 달이
어둠을
몰아내고있다
봄밭이
무르익고
있다

가천 詩 올향 임보 경찬

봄밭

봄밤

당신이 좋아했던 막걸리 사러 상동 간다
상동에서 양조장 찾기는 왜 그리 어려운지
고개 넘고 들판 지나도 양조장이 없어서
들판 지나 산을 돌아 겨우 찾은 양조장
막걸리 여섯 통 고물차 뒷좌석에 싣고
장척계곡 지나 나무들 새잎 밀어 올리는
꼬불꼬불 산길 따라 집에 돌아온다
막걸리 한 통 따서 천천히 마셔본다
나는 달콤한 맛 좋아하는데 시큼한 맛이다
당신이 시큼한 막걸리 좋아하는 줄 몰랐다
분산 위에 달 떠올라 어두운 하늘에 걸린 밤
시원한 막걸리 마시며 달을 올려다보는 밤
분산 너머엔 당신 살던 마을이 있다
커다란 달이 밤하늘을 귤빛으로 물들인다
하늘은 높고 아득하다 분산 위에 뜬 달이
어둠을 몰아내고 있다 봄밤이 무르익고 있다

비단길 꽃길 다 버리고
가시밭길로 뚜벅뚜벅
당신은 그것이 원칙이고
그것이 정의라면 그것이
불의이고 그것이 부조리라면
아랫목 꽃자리 다 버리고
불구덩이 속으로 성큼성큼
당신은
늘 넓은 황야에
홀로 깨어
어둠을
응시하던
한 마리
이리

김채은 詩 당신의 이름에서
교양손붓

당신의 이름

-노무현 대통령 서거 10주기에 즈음하여

허우룩한 세상에도 봄이 찾아와
세월의 캔버스에 열 번째 덧칠을 하였습니다
당신 없는 세상에도 봄은 찾아와
간신히 아문 상처에 그리움 고여 덧이 났습니다
슬픔은 가슴보다 커서 퍼내고 퍼내어도 연신 차오르고
살아남은 우리들 마음의 성벽 허물리고 또 허물립니다

비단길 꽃길 다 버리고 가시밭길로 뚜벅뚜벅, 당신은
그것이 원칙이고 그것이 정의라면
그것이 불의이고 그것이 부조리라면
아랫목 꽃자리 다 버리고 불구덩이 속으로 성큼성큼, 당신은
눈 덮인 황야에 홀로 깨어 어둠을 응시하던 한 마리 이리

깨달음은 늘 한 박자 더디게 옵니다, 운명처럼
당신이 떠난 뒤에야 당신의 소중함을 눈치채고
당신이 떠난 뒤에야 당신의 진정성을 알아채고
미안코 고마운 당신의 이름 떠올리는 순간이면
목울대 뜨겁게 당겨집니다, 여 전 히!

저 멀리 벼랑 끝 십자 모양으로
팔 벌린 나무 내가 지긋이
보고 있자 나무를 넘어서고
있는 나무 이곳과 저곳 사이
봉분처럼 엎드린 민가,
하나 둘 씩 빛이 켜진다.

김해자 詩 농사꾼 노무현 에서

김성장 붓

농사꾼 노무현

사막이 되어가는 지구 한 모퉁이
한 뙈기 밭가에 엎드려 지난겨울 반나마 얼어 죽은
양파 빈자리에 어린 대파를 꽂다
허리 펴고 올려다보니 먼 산 벼랑 끝
키 큰 나무들이 오래전 멸종했다는 거인처럼 보인다
시나브로 저녁놀이 흘러와 흙에 물드는
밭둑 너머

밀짚모자 하나 엎드려 있을 것 같다
한 나라 국민이 다 알던 이름 석 자 버리고 다 잊고
두어 두둑 씨알 감자를 심다 툭툭 흙 털고 동구 밖 걸어 나가
슈퍼 평상에 둘러앉아 민물새우탕에 막걸리 나눠 마시고
뉘엿뉘엿 등에 달궈지는 달빛 받으며 돌아오는
흙 묻은 장화
봄맞이 흰 꽃이라거나
구부리고 엎드려야 겨우 보이는 푸르스름한 꼬마리 개불알꽃
흙 부스러기 대지마다 고개 내밀고 나오는 것
천지인 봄날은
누군가 사라지고 나서야 오는가

온전한 사람은 없다 모욕과 조롱의 낫이 꽂힐 때

그도 우리와 똑같이 짓이기면 으스러지는 애기똥풀 제비꽃 민들레

풀꽃이었을 뿐이다 발굽 아래 퍼렇게 질리는 여린 목숨

모두가 한때 원주민이자 농민의 자식이자 손자 손녀였던

흙빛을 닮은 이웃들의 나라 가난한 백성의 나라

없을까 누구도 부서지지 않고

서로에게 닿는 순한 나라

저 멀리 벼랑 끝

십자 모양으로 팔 벌린 나무

내가 지긋이 보고 있자 나무를 넘어서고 있는 나무

이곳과 저곳 사이 봉분처럼 엎드린 민가

하나둘 불빛이 켜진다

점 같은 불빛이 이정표다 다 같이 모여

어진 나라를 이룬 저 웅숭깊은 나무에 닿기 위해

이 낮은 불빛들을 다 통과해야 한다

우리들 손끝이 가깝다는 사이

돈보다 벗겨들이 주머니는

기쁨에서

웃음 꽃피워드는 사이

몸이 흐르다가 꽃들이 빛쳐가고

소녀들이 쳐봤구나

우리는 스쳐가고 있는 사이

불우해도 고백

물이 끊기자 그릇들을 펼쳐놓는다
곱슬머리를 모자처럼 쓴 소년들이 그릇 위를 행진한다
우리는 눈금이 평등한 사이 눈물을 나눠 마시는 사이
소년들의 키가 자란다 잘려나가기 좋은
손톱처럼 단호해지는 달빛 초승달을 닮은 목
네가 준 장갑을 잃어버렸어
괜찮아 비가 내릴 거야
그릇마다 달빛 무더기가 찰랑일 거야
초대받지 못한 생일 파티에
아끼던 인형을 들고 문을 두드릴 거야
새어 나오는 온기에
인형을 흔들며 노래를 불러줄 거야
아프도록 흔들리는 팔이 덜덜 떨리는 여린 주먹이
문틈으로 굴러다니는 눈알들이

우리는 눈알이 가려운 사이
슬픔의 껍질들이 굴러다니는 굴절에서
입을 맞춰보는 사이
물이 흐른다 그릇들이 펼쳐진다
소년들이 행진한다
우리는 사라지지 않는 사이

당신이 이루지
못한 꿈,
당신이 추구하던
의롭고 따뜻하고
외로운 가자

그 이상을 그 너머의
별을 꿈꾸고자
합니다

그 꿈을 저 사랑에서
결탁의 현실
속에서
이루고자 합니다

보고싶은
당신

도종환 詩 은명에서
추억의 봄

운명

당신 거기서도 보이십니까
산산조각 난 당신의 운명을 넘겨받아
치열한 희망으로 바꿔온 그 순간을
순간의 발자국들이 보이십니까
당신 거기서도 들리십니까
송곳에 찔린 듯 아프던 통증의 날들
그 하루하루를 간절함으로 바꾸어 이겨낸 승리
수만 마리 새 떼들 날아오르는 날갯짓 같은 환호와 함성
들리십니까
당신이 이겼습니다
보고 싶습니다
당신 때문에 오래 아팠습니다
당신 떠나신 뒤로 야만의 세월을 살았습니다
어디에도 담아둘 수 없는 슬픔
어디에도 불지를 수 없는 분노
촛농처럼 살에 떨어지는 뜨거운 아픔을
노여움 대신 열망으로 혐오 대신 절박함으로 바꾸며
하루하루를 살았습니다
해마다 오월이 오면 아카시아 꽃이 하얗게 지는 오월이 오면
나뭇잎처럼 떨리며 이면을 드러내는 상처
우리도 벼랑 끝에 우리 운명을 세워두고 했다는 걸
당신도 알고 계십니까

당신의 운명으로 인해 한순간에 바뀌어버린
우리의 운명
고통스런 운명을 숙명으로 받아들이며
지금 우리
역사의 운명을 바꾸고 있습니다
시대의 운명을 바꾸고 있습니다
타오르되 흩어지지 않는 촛불처럼
타오르되 성찰하게 하는 촛불처럼
타오르되 순간순간 깨어 있고자 했습니다
당신의 부재
당신의 좌절
이제 우리 거기 머물지 않습니다
당신이 이루지 못한 꿈
당신이 추구하던 의롭고 따뜻하고 외로운 가치
그 이상을 그 너머의 별을 꿈꾸고자 합니다
그 꿈을 지상에서 겁탈의 현실 속에서 이루고자 합니다
보고 싶은 당신
당신의 아리고 아프고 짧은 운명 때문에
많은 날 고통스러웠습니다
보이십니까
당신이 이겼습니다
당신이 이겼습니다

당신으로 인해 우리들이
우리들이 이겼습니다

희한한, 아무튼 희한한

책갈피가 꽂힌 채로 책상 위에 펼쳐져 있는, 다 안다고 생각했는데 읽을 때마다 새로운 책이 있다. 십 년 동안 책꽂이에 꽂히지 않아서 먼지가 앉을 새가 없는, 식탁 위에 올랐다가 잠자리 머리맡에 놓였다가 가방에 들어갔다가 운전석 옆자리에 나왔다가, 애인과 커피를 마실 때에도 곁을 떠나지 않는, 아주 희한한

사람이 있다. 자동차들 사납게 질주하는 도로 건너편 신호등에 서서 건널 때를 알려주는, 공공건물 화장실 입구에 서서 남자의 길을 일러주기도 하고 장애인 주차장을 지키고 앉아 몸 불편한 이웃을 생각하게 하는

그런 사람, 자전거를 타거나 걷다가 노란 민들레를 만났을 때, 혹은 씨앗을 매달고 떠날 채비를 마친 갓털을 후 불어 날리듯 담배 한 대 피우고 싶은 순간 길가에 장승으로 섰다가 너털웃음을 웃어주기도 하고, 온 누리 끝까지 맘껏 푸르다 거친 들판에 솔잎되리라* 때로 소나무처럼 시원하게 노래를 불러주기도 하고, 벗들과 허물없는 술자리에도 슬며시 앉았다 가는, 아무튼 희한한 사람이 있다.

아무 데도 없지만

어디에나 같이 있는 사람,

아무래도 다시 읽어야 할 책처럼

끊임없이 다시 씌어야 할 사람이 있다.

*가요 〈상록수〉의 가사 중에서 인용.

꽃이 피는건 산을 사랑하옵
꽃이 피는건 세상이 오는건
사랑이 되는 산에서 애써야 될것이라오

소월詩에서 김기련 쓰다

사람들에게 가다오라고 나에

어엘르

53

오월에서 기다리겠습니다

가령 꽃을 기다리는 심정으로
오월, 이라고 공중에 미리 써놓는 건 어떻겠습니까?

    그렇게 적어 놓고 나면
    붉은 꽃이 필 것 같아
    보리밭을 부추기며 바람도 일어날 것 같아

은빛 자전거가 이끄는 길 위에 서서
먼 곳으로 눈을 던집니다, 거기
아, 하고 흰 손바닥을 흔들어도 좋을
하늘이 있지 않겠습니까?
흰 손바닥으로 물끄러미 서서 이런 구절을 떠올려보는
건 어떻겠습니까?

    꽃이 피는 건
    사람 사는 세상의 일이지요
    새벽이 오는 건
    사람 사는 세상에서의 뜻이지요

은빛 자전거 밟고 간 길을 사람의 길이라고 할 수 있다면
거기서 오월을 기다려도 좋지 않겠습니까?

누가 그러라고 한 것은 아니지만

사람의 눈길을 그리워하는 오월이 되면 안 되겠습니까?

　　보는 이 없어도 꽃이 피는 건

　　먼 곳에서부터 오월이 오는 까닭이고

　　오월에

　　은빛 자전거를 타고 푸른 하늘을 가로질러 가는 것은

　　꽃마다 사람의 향기를 묻어두는 일인 줄 알기에

오월, 이라고 미리 공중에 써놓고, 모쪼록

먼저 가 기다리고 있어도 좋을 일이겠습니다

흰 손바닥으로 흰 손바닥을 잡고, 꼭

사람 사는 세상을 기다려도 볼 일입니다

노무현을

당신은 그렇게
나비구름에 휩싸이어
나비가 되었다
사람이 먼저인 세상으로
둘이 맞지
단 하나의 사람으로

밝가인 詩에서
물 멱삼빛

추억한다

노무현을 추억한다

1

저 환한 들판에 이따금 그가 들르면

삐딱하게 기운 자전거 위에서
밀짚모자 건들멋으로 쓰고
발 하나를 땅에 딱 디딘 채
삐딱하게 기운 자전거 위에서
내려서지 않고 그저 배식 웃기만 한다

수줍은 이것이 압권이다

허상이 아닌 실체로서
자신을 던져 역사를 끌고 간 사람이면서도
그렇지 않은가?
자연으로 거기 있는 그이면서도
인간으로 거기 있는 그이면서도
거기 그냥 미안한 것 같기에

이웃 아저씨의 두툼한 손으로
손을 흔들어 낮고 구수한 목소리로

잘들 계셨지요?

인사로도 내려서지는 않고 비스듬히 기울어

삐딱한 그의 자전거는 본때 없다

수줍은 그것이 압권이다

2

죄의 짐을 지고도 알지 못하는

하나부터 열까지

거짓과 변명

꼭두각시 피노키오 각하를 단죄하던 민심은

추운 겨울 광화문 광장을 꽉 메운 촛불들의 함성으로

우리들이 흘린 그 눈물들이

수많은 나비가 되어 춤을 춘다

당신은 그렇게 거대한 나비구름에 휩싸여

나비가 되었다

당신의 좋은 친구 문재인, 대통령이 되어 봉하를 찾은 날

상식과 원칙이 통하는 당신의 나라

나라다운 나라로!

그렇게 당신은 돌아왔다

'아, 기분 좋다!'며 돌아왔다

짓밟히고 뜯긴 육신과 영혼을 딛고
사람이 먼저인 세상으로 돌아왔다

고니와 오리, 기러기들이 놀고 있는
화포천을 달리던 자전거 바퀴 자국을 따라

단 하나의 사람으로

어찌 그리 가셨는지요 살아오며 잘못한 일

없는 사람 어디 있겠습니까 우러른 하늘

떳떳한 사람 그리 많겠습니까 나도

욕했습니다 이런저런 나라의 일로 못마땅

했습니다 그러나 또한 기억합니다 피 흘리

던 이 땅의 민주주의 가엾듯 뿌리 뽑혀 싹을 틔우는

것을 잎을 틔우고 줄기 가지라며 뿌리내려가는

시간을

박남준 詩
평안하시라는 말
하지 않겠습니다 에서

가여하벗 [印]

평안하시라는 말 하지 않겠습니다

이제 나는 봄날이 싫어졌습니다

사월은 역사의 낡은 유물처럼 빛바랜 채 뒤틀려졌는데

다시 또 오월은 아우성처럼 머리맡을 뒤척이며

유월은 소리쳐 잠든 시간을 일깨우겠지요

초록과 싱싱한 것들 꿈틀거려야 할 이 땅의 시간

사람을 죽음으로 내모는 이 나라가 두렵습니다

생명을 무참히 짓밟는 이 정권이 끔찍합니다

아니라고 도리질을 쳐봅니다

어찌 그리 가셨는지요

살아오며 잘못한 일 없는 사람 어디 있겠습니까

우러른 하늘 떳떳한 사람 그리 많겠습니까

나도 욕했습니다

이런저런 나라의 일로 못마땅했습니다

그러나 또한 기억합니다

피 흘리던 이 땅의 민주주의가 연둣빛 새싹을 틔우는 것을,

잎을 드리우고 줄기가 자라며 뿌리내려가는 시간을,

햇살처럼 노란 깃발이었던 당신을 떠올립니다

벼랑 끝에 내몰렸던 뒷등을 보았습니다

눈시울 붉혀 찍어 내리던 당신의 눈물,

거침없는 단호함을, 쩡쩡거리는 올곧은 분노와

벼락같은 호통의 말갈기,

푸른 소나무를 생각합니다

천길 벼랑 끝 바위 틈에 서서

부단의 강물로 노래하는 소나무를,

지친 새들의 작은 날개를 곤히 쉬게 하는

바람 부는 언덕 위 늘 푸른 소나무 말입니다

당신 떠난 자리 참으로 커다랗습니다

생명과 평화로 가는 길은 이렇게도 잔인한 것입니까

산첩첩 의로운 자들의 묘비명을 쌓은

죽음으로 가는 제단이어야 합니까

비, 비, 이 땅은 지금 우기의 날들

저 비를 딛고 일어설 아름다운 희망의 꿈을 꾸어봅니다

침략과 전쟁과 위선과 기만에 찬 모든 악의 무리들이,

그 이름의 대명사들이

남김없이 뽑혀지고 사라져서 이루어질

생명과 평화로 가득 찬 통일 조국의 신명난 세상 말입니다

남은 것은 이제 살아남은 사람들의 몫입니다

부디 잘 가시라는 말 아직 못하겠습니다

그곳에서 평안하시라는 말 하지 않겠습니다

4 · 3 한라산의 이름으로 당신을 불러봅니다

오월 무등산의 이름으로, 혁명 지리산의 이름으로,

통일 백두산의 이름으로

이 땅에 산화해간 모든 열사들의 이름으로

당신을 불러봅니다

오래 오래 잊지 않겠습니다

다시 봄은 찾아왔지만

돌아오지 않는 아빠고 안타까운 당신같은

생과 사의

그리움

앞에 무릎을 꿇는다

박소병 詩 금석 산돌씀

금

국민학교 때 책상에 그려진
금,

넘지 않으려고 애쓰면서
구구단을 외우고
글짓기하고
그림을 그리기도 했다

한 번 넘지 못하고
3·8선과 휴전선을 배우며
끄덕끄덕 고개만 주억거리다가
졸업을 했다

지울 수 있을 거라고 믿은
청년 시절
험한 꼴 다 겪다가
오늘도 지우지 못한 금

다시 봄은 찾아왔지만
돌아오지 않는
아쉽고 안타까운 당신 같은
생과 사의 그 금, 앞에 무릎을 꿇는다

황혼

서녘

산맥이 없는 산봉우리

산맥에서 멀리 떨어져 있던 사람

떨어져 있는 고독을 어렸을 때부터 알았을 것 같은 사람

인권변호사라기보다 정치인이라기보다

자기 속에서 솟구치는 옳고 그름의 본능에 정직했던 사람

같잖은 사람에게는 명패도 던지고 멱살도 잡던,

자기 몸이 시키는 쪽으로 홀로 산맥을 세우던 사람

전라도에서는 경상도 놈이라고 떨어지고

경상도에서는 전라도 놈이라고 또 떨어져

홀로 산맥이 될 수밖에 없었던 바보.

자신보다 마음이 더 가난한 자에게는 엎드려 큰절 올렸던
눈물 많던 사람

자기 자신의 산봉우리에서 아침저녁 고향의 옛 시간 속으
로 돌아가는 게

마지막 꿈이었던 사람

차라리 시인이었으면 더 좋았을,

한국정치의 성공, 한국정치의 실패를 모두 안고

마침내 사람 사는 세상의 새로운 산맥으로 이륙한 사람

무수한 산들이 그 앞으로 달려와 비로소 산맥이 된 사람

대한민국 제16대 대통령 故 노무현.

봄날의 부탁

누가 당신을 보내주었나요
누가 당신의 초췌한 뒷모습을 지켜주었나요

흰 고봉밥을 받들고 흐느끼는 이팝나무였나요
아무리 베어내도
다음의 열매를 기약하는 졸참나무였나요

당신이 산기슭에서 만난 생강나무는
야! 저기 생강꽃도 있다, 말하며 즐거워했다는데

미안해하지 마라
누구도 원망하지 마라

그러나 미안함을 버리기 쉽지 않고
원망을 버리기는 더더욱 어려워서

고아가 되는 오후가 오면
당신의 그 목소리가 심장을 가득 울려옵니다

살아 있으니 한사코 만나는 봄날입니다
봄날의 끝이 보내온 당신의 부탁인 걸 압니다

꽃잎이 흩날리는 당신의 등 뒤에 서서
우리는 여전히 당신의 꽃말을 생각합니다

맑고 시원은 물로 읽힌 날의 책이 있있다. 행갈과 비말들이 일로
글쓰아전다 속았는 나. 은앴는 국화기 이 알간 중 므
가삐른글파. 세움배기 대 나기 있지. 이 른른다. 아 판파 야 저
에서마을 아마 고와 오신다. 그 사람. 았니 그치기 했니 뜨닌.
늘기 온게 비워 뜨른체 남동에 와 하는 기 대 에 체히 르 한
벼 하는 느 방 중. 기리마 위은앴다 체 와 잣 게 아 지 에 새 마길
말 밝있다 고요 이 오 기 조 기 들 에 않 은 기 드 들 의 저 이 있 었 다.

배어 이음詩   어떤날에가기없이 안녕 이음

어떤 페이지

망고, 가 사망으로 읽힌 날의
책이 있었다
행간의 낱말들이 와르르 쏟아졌다

속없는 나무와
철없는 국화가
사이의 간극을 모르고
함부로 들떠 있을 때

기대와 대기의 차이를 묻는다

어떤 페이지에서
마음, 이라고 읽으려다
그 사람이 왔다고 착각했다

견딘다는 것은
체념과 또 다른 체념을
몸에 익히는 것

기대와 체념을 반복하는 것

혼자 중얼거리며 위로했다

책의 첫 페이지에서
발길을 멈추었다

그곳이
옹기종기 모여 앉은
기다림의
첫 장이었다

부엉이가 울었다는 산
부엉이 울음이
바위 속으로 들어가
바위가 되었다는 산
날카로운 부리와 발톱으로
침을 놓듯
막힌 혈을 뚫어주던
어둠을 뚫어져라 응시하던 그는

이제 부엉이는 보이지 않는데
부엉이 울음이 다시 들린다
아직 어둠이 다 개지 않았다고
이 어둠을 뭉쳐 한 줄기
이슬을 만들어야 한다고
바위처럼 굳어버린 사람들
가슴으로 들어간 울음소리

75

부엉이바위

부엉이가 울었다는 산
부엉이 울음이
바위귀 속으로 들어가
바위가 되었다는 산
날카로운 부리와 발톱으로
침을 놓듯
막힌 혈을 뚫어주던,
어둠을 뚫어져라 응시하던 그 눈
이제 부엉이는 보이지 않는데
부엉이 울음이 다시 들린다
아직 어둠이 다 새지 않았다고
이 어둠을 뭉쳐 한 종지
이슬을 만들어야 한다고
바위처럼 굳어버린 사람들
귓속으로 들어간 울음소리

알다시피 이 불은
아주 특별한
불이야 오래전에
그 사람이 피워
놓은 불이야

송진권 詩 개똥벌레 이야기 정진호 書

개똥벌레 이야기

그 천둥벌거숭이들이 불을 꺼트렸어
잘 좀 보고 있으라고 했더니만
딴전 피느라 불이 사그라드는지도 모르고
엉뚱한 짓이나 하다가 불을 꺼트린 거야
불씨는 남아 있었는데
불쏘시개나 좀 넣고 후후 불면 불이 살아났을 텐데
그 애들은 그것도 몰라
어쩔 줄 모르고 당황해서
고양이 눈으로 불을 붙이려고도 하고
버드나무를 비벼대기도 하고
다른 데서 부싯돌을 빌려오기도 했지만
알다시피 이 불은 아주 특별한 불이야
오래전에 그 사람이 피워놓은 불이란 말야
그 애들이 불씨까지 꺼트리면 안 되기 때문에
우리가 불씨를 나눠가지고 온 거야
다시 집집마다 불을 피우고 환하게 밝혀야 하는데
이젠 우리도 얼마 안 남고
불도 차츰 가물가물해지고 있어
얼른 아궁이 재나 좀 치우고 굴뚝도 손질해줘
가물가물한 이 불
언제 꺼질지 몰라

당신의 부활

아름다운 나라 살기 좋은 세상
당신의 꿈이 이루어집니다
거리를 메운 사람들의 눈 속에서
되살아나면서 주고받는 말 속에서
되살아나면서 서로 굳게 쥔 주먹
속에서 되살아나면서 육천만 당신이
사랑하는 사람들과 더불어 힘차게
부활하고 있습니다

신경림詩 중에서 지은 양은경씀

당신의 부활, 그 찬란한 부활

당신은 부활하고 있습니다
거리와 골목과 광장을 뒤덮은 흐느낌을 타고
당신의 눈이 되살아나고 꿈이 되살아납니다
말이 되살아나고 노래가 되살아납니다

당신의 아픔을 우리는 안다고 말하지 못합니다
당신의 외로움 당신의 괴로움을 안다고 말하지 못합니다
아무도 원망하지 말자고 아무도 미워하지 말자고
그 말의 참뜻을 우리는 안다고 말하지 못합니다 하지만
그 말들을 타고 당신은 부활하고 있습니다

아름다운 나라를 만들자던 그 뜻이 살아나고
살기 편한 세상을 만들자던 그 꿈이 살아납니다
백만 천만의 울음을 타고 발 구르며 우는
통곡을 타고 당신은 부활하고 있습니다

당신을 향하여 날아들던 그 예리한 칼날들을
당신을 향하여 퍼부어지던 그 저주의 말들을
다 잊으라는 그 말씀의 깊은 뜻도 우리는 알지 못합니다
그러나 압니다 그 칼날 그 말들을 안고
거꾸로 당신이 되살아난다는 것을
온 나라를 새로운 활기로
가득 채우면서 당신은 부활하고 있습니다

아름다운 나라 살기 좋은 세상
당신의 꿈은 이루어집니다
거리를 메운 사람들의 눈 속에서 되살아나면서
주고받는 말 속에서 되살아나면서
서로 굳게 쥔 주먹 속에서 당신이 되살아나면서

당신은 부활하고 있습니다
모든 것을 안고 저세상으로 가는 대신
모든 책임을 떠안고 저세상으로 가는 대신
십자가를 지고 손에 박힌 못을 어루만지며
지금 우리 앞에 부활하고 있습니다
육천만 당신을 사랑하는 사람들
육천만 당신이 사랑하는 사람들과 더불어
힘차게 부활하고 있습니다

고마워요
미안해요
일어나요

꽃잎을 두 손으로 받아주지 못해 미안해요
꽃잎을 두 팔뚝으로 받쳐주지 못해 미안해요
꽃잎을 두 가슴으로 안아주지 못해 미안해요

안도현 詩에서
박나은 붓

고마워요 미안해요 일어나요

뛰어내렸어요
당신은 그 무거운 권위주의 의자에서
사람이 사람답게 사는 세상으로

뛰어내렸어요
당신은 끝도 없는 지역주의 고압선 철탑에서
처절하게 버티다가 눈물이 되어

뛰어내렸어요
당신은 편 가르고 삿대질하는 냉전주의 창끝에서
깃발로 펄럭이다가 찢겨진
그리하여 끝내 허공으로 남은 사람

고마워요 노무현
우리가 아무 호칭 없이 노무현이라고 불러도
우리가 바보라고 불러도 기꺼이 바보가 되어줘서 고마워요

아, 그러다가 거꾸로 달리는 미친 민주주의 기관차에서
당신은 뛰어내렸어요
뛰어내려 당신은 으깨진 꽃잎이 되었어요
꽃잎을 두 손으로 받아주지 못해 미안해요
꽃잎을 두 팔뚝으로 받쳐주지 못해 미안해요

꽃잎을 두 가슴으로 안아주지 못해 미안해요
저 하이에나들이 밤낮으로 물어뜯은 게
한 장의 꽃잎이었다니요!

슬퍼도 슬프다고 말하지 않을래요
억울해도 억울하다고 땅을 치지 않을래요
복받쳐도 복받친다고 소리쳐 울지 않을래요
아아, 부디 편히 가시라는 말, 지금은 하지 않을래요
당신한테 고맙고 미안해서
이 나라 오월은 저리 푸르잖아요
아무도 당신을 미워하지 않잖아요
아무도 당신을 때리지 않잖아요
당신이 이겼어요
당신이 마지막 승리자가 되었어요
살아남은 우리는 당신한테 졌어요
애초부터 이길 수 없었어요

그러니 이제 일어나요 당신
부서진 뼈를 맞추어 당신이 일어나야
우리가 흐트러진 대열을 가다듬고 일어나요
끊어진 핏줄을 한 가닥씩 이어 당신이 일어나야
우리가 꾹꾹 눌러진 분노를 붙잡고 일어나요

피멍 든 살을 쓰다듬으며 당신이 일어나야
우리가 슬픔을 내던지고 두둥실 일어나요
당신이 일어나야 산하가 꿈틀거려요
당신이 일어나야 동해가 출렁거려요
당신이 일어나야 한반도가 일어나요
고마워요, 미안해요, 일이나요,
아아, 노무현 당신!

오래
지날수록
더
그리워질
사람들의 오 월
흰 꽃송이
더미더미
조문하는
오월 입니다

악상학詩
오월에서

김정희 씀

오월

흰 꽃 많은 오월
이팝나무, 불두화, 아카시아, 찔레꽃
인디언 아라파호족은 이런 오월을
오래전에 죽은 자를 생각하는 달이라고 불렀습니다

푸르기만 하던 나의 오월도
살면서
오래전에 죽은 자를 생각하는 달로 바뀌었습니다
하필 5·18 기념일에 돌아가신 아버지,
임병호, 박영근 시인, 권정생, 박경리 선생,
달력에 치는 동그라미가 하나둘 늘어났습니다

올해는 또 한 사람이 돌아가셨습니다.
5·18은 이제 어느 달력에나 있으니 안심하지만
내년 달력이 생기면
5월 23일에 동그라미를 하나 더 그려야겠습니다

오래 지날수록 더 그리워질 사람들의 오월
흰 꽃송이 더미더미 조문하는 오월입니다

야羊이있다
아我가있다
아我를양羊
아래두는일
표의문자를
만들던옛사
람들은그것
을옳은일의
義라여겼다
바위가있다
바보가있다
바위아래
그기있다

안현미詩·옳음의義情
정윤경김이정쓰다

의義

—옳을 의

양羊이 있다

아我가 있다

아我를 양羊 아래 두는 일

표의문자를 만들던 옛사람들은

그것을 옳은 일 의義라 여겼다

바위가 있다

바보가 있다

바위 아래 그가 있다

남자의 마지막 소망은
지붕낮은 집을 갖는 것이었다
남자에게 그것조차 허락되는 것이
얼마나 어려운 일이었는지
지금에 와서야 알게 되었다

안안자 詩 어느 새가 다른 새에게
말을 걸때에서 구 선곤 붓

90

어느 새가 다른 새에게 말을 걸 때

아무도 울지 않았다
적어도
그날 교실은 고요했다

도시는 검은 물결로 잠겨 있었다

 그때 우리는 그것이 무엇을 의미하는지 온전히 이해하지
못했던 것 같다 그 누구도
 우리를 이해시켜주지 않았다

남쪽에서 비행하는 새가 동쪽에서도 날고 있었다

종이 울린다

*

개미의 행렬이 이어진다
무엇인지 모를 것들을 자꾸 옮기는 개미들을
바라본다

이해할 수 없는 일들이 너무 많았다

남자의 마지막 소망은 지붕 낮은 집을 갖는 것이었다 남자

에게 그것조차 허락되는 것이 얼마나 어려운 일이었는지 지금에 와서야 알게 되었다

 폐쇄된 낚시터에서 찌를 던지는 남자의 마음을 알 수 없었다 나는 종종 답을 구하곤 했으나 남자는 자신의 옆자리를 권할 뿐이었고 그게 조금 슬프면서도, 이해가 필요하니? 이해가 필요해요, 꿈에서나 주고받을 대화를 이어갔다

 미열 속에서 잠들 때면 악몽 속 나는 폭탄을 잔뜩 싣고 가는 조종사였으나 도착지가 나의 집이라는 걸 확인하고 깨어나곤 했다 젖은 베갯잇을 벗겨내며 누구에게 돌을 던지고 그 돌을 맞은 이가 정말 내가 아니었는지에 대해 떠올리는 날이 잦아졌다

 성묘를 마치고 돌아오는 길목에는 '꿈동산 요양원'이라는 녹슨 간판이 보였고, 나는 그 요양원이 묘원과 가까운 곳에 위치한다는 사실에 놀란 표정을 감추어야 했다 이해하려 하다 보면 결국 이해한다는 것조차 이해하지 못하는 나 자신을 발견하게 되었는데

 한 마리의 새가 대열에서 이탈하자 새들이 흩어졌다
 그림자가 조각나고

개미의 행렬이 보이지 않을 때

사람들은 침묵했다
거리는 적막했다

아무도 웃지 않았다

*

― 그곳까지 비행하지 못할 수도 있어요.
― 그러나 새들은 언젠가 그곳에 도착할 겁니다.
― 그때 나는 존재하지 않을 것 같아요.
― 새들이 도착만 한다면 그곳에 누가 존재하든 상관있습
니까?

*

사람들이 슬픔에 빠지는 동안 우리는 젖지 않았지만

그날따라 누구도 뛰지 않는 복도가 있었다 유난히 조용하
던 교정과

긍정 대신 짓는 미소와
부정 대신 흘린 눈물과
누군가를 부르는 속삭임이 있고

동쪽의 새가 북쪽으로 날아가는 장면을 보면서 우리는 이
해를 멈추지 않는다
저녁의 교실이 어둠으로 잠길 때

그날의 마지막 종이 울린다
이해할 수 없는 일은 없다고 착각하는 동안

우리들은 흩어지기 시작한다

무리에 뒤늦게 합류하는 새를 보고 있었다

아주
작은
보석
하나

그는 아주 작은 보석하나를 세상에
남겨진 혼자으로 남겼다. 너무
슬퍼하지 마라 원령이다

오성인 詩에서 권오진붓

아주 작은 비석 하나

한 사내가 있다 부엉이 머리를 닮은
바위 위에 서서 마을을 응시하고 있다

매일,

자전거를 굴리곤 했던
그는 자전거의 둥근 마음을 가져서

어린아이가 먹다 내민 사탕이나
안주가 갖춰져 있지 않은 술상
시장통 허름한 식당 한 그릇 국밥에도

만족할 줄 알았다 단 한 톨의 쌀알이라도
가급적 약을 치지 않으려 했던

굳은 의지로 권력과 불의를 경계했다

종종, 허리 굽히며
인사 건네오는 그에게서
늦가을 벼 냄새가 났다

자연의 한 조각으로서 삶과 죽음을

모두 사랑했던

그는 아주 작은 비석
하나를
세상에 다녀간 흔적으로 남겼다

너무 슬퍼하지 마라 운명이다
문장 하나가 오래 빛을 발하고 있었다

난 노래하러 왔지만
난 없는 노래를 꾸는 사람
난 마을에 살기 위해 왔지만
난 세상에 없는 마을을 꾸는 사람
난 내일보다 오늘을 꾸는 사람
무엇보다 이 땅의 사람을 꾸는 사람
그런 최후의 한 사람을 꾸는 사람
쓸쓸했지만 쓸쓸하지 않은 사람

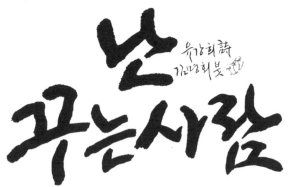

유강희 詩
김대환 붓

98

난 꾸는 사람

난 노래하러 왔지만
난 없는 노래를 꾸는 사람
난 마을에 살기 위해 왔지만
난 세상에 없는 마을을 꾸는 사람
난 내일보다 오늘을 꾸는 사람
무엇보다 이 땅의 사람을 꾸는 사람
그런 최후의 한 사람을 꾸는 사람
쓸쓸했지만 쓸쓸하지 않은 사람

참말 바보

당신은 참 말을 못 하는 사람이었지요
왜냐하면 참말만 골라 했기 때문이지요
여름 비바람 가을 무서리 겨울 폭설에도
季節은 어김없이 흐르고 世上 이야기가
다시 쓰여지고 있듯 당신의 참말은 당신의
참 행동과 실천으로 끝내 다시 始作하는
후세들에게 뿌리내려 울울창창할 것입니다.
한 치 망설임도 없이 뛰어내린 고드름처럼

유용주 詩 당신의 참말 에서
이천십칠년 오월
산길 박철 印 印

당신의 참말

비가 그치고 써레질 끝낸 논바닥에 찰람찰람 물이 들어찼습니다. 찔레꽃 피고 오동꽃 떨어지자 곧 모내기가 시작되었어요. 오와 열을 맞춘 어린 모들이 흔들리며 뿌리를 내립니다. 그 층층 다랭이 호수 속에는 나무와 풀 그림자가 들어 있고 해와 달과 산과 구름이 한껏 돛폭 부풀려 서쪽 바다를 향해 항해를 하고 있군요. 해오라기 한 쌍 노을에 되비친 자기 모습을 보며 묵언정진에 들어갔으며 바람은 삽을 씻고 돌아가는 늙은 농부의 주름살 계곡으로 쉼 없이 불어갑니다. 흙 묻은 장화를 털고 담배를 빼어 문 황톳빛 얼굴에는 땅을 탓하지 않고 평생 삶을 경작해온 흥그런한 마음이 들어 있습니다. 많이 굶고 살아온 사람만이 가질 수 있는 밥그릇에 대한 경건한 기도가 들어 있습니다. 무엇보다 서럽고 가난하고 힘없는 사람들 편에 서려 했던 당신의 마음이 들어 있습니다. 당신은 누구보다, 한 그릇 밥 앞에 눈물 흘려본 사람이기에, 밥이야말로 얼마나 치사하고 위대한 참말이라는 것을 알고 있는 사람이기에, 어둠 속에서도 거짓말할 줄 몰랐던, 진실한 말은 오히려 서툴다는 것을 온몸으로 보여준 당신이기에, 어떤 바닥이든 가리지 않고 완벽한 수평을 유지하려는 물의 평등한 말씀을 떠올려 보았습니다.

당신은 참 말을 못하는 사람이었지요. 왜냐하면 참말만 골라 했기 때문이지요. 당신의 말을 이해하지 못한 사람들은 좋은 학교 나온 별 볼 일 있는 사람들이었거든요. 바보라는 별명, 그거 '바로 보다'에서 나온 말 아닌가요. 바로 보는 사람은 늘 손해 보기 마련입니다. 이익이나 대차대조표를 그렸다면 진즉에 때려치우고 떠났을 것입니다. 농부만큼 바보가 어디 있겠습니까. 손해나는 장사를 하는 사람이 몇이나 있겠습니까. 질 줄 알면서도 싸우는 선수가 어디 있겠습니까. 삶에서 이기려고 기를 쓰고 덤벼든 우리가 당신을 떠밀었습니다. 더 편안한 삶을 위해 당신을 절벽 아래로 떨어뜨렸습니다.

바야흐로 똥 묻은 개가 겨 묻은 개를 타박하는 시대입니다. 제 눈의 들보는 걷어내지 못하고 남 눈의 티를 의심하는 세월입니다. 저 하늘에 계신 하눌님과 땅속이 천국인 양 헤집고 노는 땅강아지에 이르기까지 삼천대천세계에서 헛된 죽음은 없는 거지요. 당신이 흘린 피는 물이 되고 불이 되고 공기가 되어 당신을 죽음으로 몰아간 사람들의 몸속으로 스며들 것이니,

여름 비바람, 가을 무서리, 겨울 폭설에도 계절은 어김없이 흐르고, 세상 이야기가 다 쓰여지고 난 뒤에도 새로운 이야기가 지금 다시 쓰여지고 있듯, 세상 사람들 다 죽어 흔적 없이 사라진다 해도 새로운 생명은 어디선가 꿈틀 일어서

듯, 당신의 참말은, 당신의 참행동과 실천은 끝내 다시 시작하는 후세들에게 뿌리내려 울울창창할 것입니다. 한 치 망설임도 없이 뛰어내린 고드름처럼, 삶이란 올가미 앞에 절대 고독을 견디며 매달려왔던 당신의 손을 가만히 만져봅니다. 거친 삶을 살아왔지만 뜻밖에 부드럽군요. 당신이 흘린 눈물, 세상 골목을 빠져나와 아픈 틈을 메우고 강물을 휘돌아 지금 마악 바다와 만나 뜨겁게 끌어안는 모습이 보입니다. 눈물은 말이 태어나기 전, 어머니가 만들어낸 가장 오래된 모국어라는 것을 믿습니다.

그러하여 시간여행자는 천형의
고통을 감내해야 하는 사람일지
도 모릅니다. 우리의 여행이 그렇
듯 여행을 마치고 나서야 뒤늦게
차오르는 마음이 있습니다 이 마음
과 만나는 일 또한 천형일지도
모릅니다.

제가 지금 그렇습니다

윤석정 시 가운데
담운 김수경

제가 지금 그렇습니다

 십 년, 그럭저럭 자알 살았습니다 때때로 심장을 쥐어짜는 울분을 감추느라 입을 악다물었습니다 당신과 이유 없이 이별해야 했던 이유가 알람시계처럼 울었습니다 타인의 나라에 세 들어 사는 기분이었습니다 국경을 건널 때면 제자리로 돌아오고 싶지 않았습니다 그렇습니다 십 년, 가까스로 자알 살았습니다 뭔가 그만두는 일이 세상에 지는 것만 같아 참았지만 직장을 여러 번 그만뒀습니다 그사이 운 좋게 결혼을 했습니다 이 세상에 불시착한 아들을 겨우 만났는데 아버지가 일언반구 없이 이 세상을 떠났습니다 그렇습니다 십 년, 뒤죽박죽 자알 살았습니다 이천구년 오월 이십삼일 아홉시 삼십분에 당신의 시간이 멈췄습니다 그때부터였습니다 때때로 저는 당신이 혹은 당신을 흘려보냈거나 당신과 흘러갔던 시간을 여행했습니다 한 번도 만난 적 없던 당신을 저는 여러 번 만났습니다 그렇습니다 시간여행자는 이미 온몸으로 살아냈거나 앞으로 살아내야 할 모오든 시간을 만날 수 있습니다 그리하여 시간여행자는 천형의 고통을 감내해야 하는 사람일지도 모릅니다 우리의 여행이 그렇듯 여행을 마치고 나서야 뒤늦게 차오르는 마음이 있습니다 이 마음과 만나는 일 또한 천형일지도 모릅니다 제가 지금 그렇습니다

노랑

어제로부터 바랜 연락이 온다

상여 행렬로 이어진 점들은 태생부터 부패했었다
배를 덜 채웠는데 꽃들이 피었고 그가 말없이
떠났다 중얼거리지만 귀는 구름 위로 날아갔다
주문했던 말들은 돌아오지 않았다

불온한 병들이 뿌리를 내렸다 깊이 심지를 묻고
바람에 중독되었다 당분간 이름은 사라졌다
한껏 구미를 당기기 위해 독한
기침을 해댔다 멈추지 않는 아랫배는
이름을 부를 때마다 노랗게 변심했다
그림자에 짐승들이 매달렸고

밤이 길어질수록 불면은 깊었다
비가 내릴 때 조용히 방 안에 걸어 들어가 발효되었다
이빨 자국이 남은 주말은 살이 오르지 않았다
듬성듬성 귀가 자라기 시작한다

유충들은 입을 벌리고
소문으로 엉킨 껍질을 벗는다

침 삼키며 부드럽게 냄새를 몰고
허공으로 피어난다 흰 적막에서
눅눅한 봄이 익어간다
가라앉았던 속도만큼 그가 되돌아온다

너머 아련한 좋아서요

나의 어떤 국어사전

노을이 오면 알까
무시로 뜨는 달무리로 기적을 하였을까, 어쩌면
현현하는 순간마다 그대 모르고 지나쳤으리

땅 위로 곤두질한 날개 젖은 나비를 보았소
그 며칠 애도의 비가 세차게 내리고
추모의 숨이 목화송이처럼 어둠 속에 맺히던 날
우리 각자 움켜쥔 우산을 놓고 빗속에 선 날

열 번의 봄이 오는 길목, 계절 어느 한순간도
작별 준비 아닌 것이 없었을 나와 당신의 날들
외롭게 두지 않겠노라 함께 비에 젖기로 한 우리는
그예 비가 되어 산 들 강 바다 하늘이 된 그를 살아가오

아픈 사랑의 말을 이리 배우고
침묵과 외로움과 비탄의 무게를 그로부터 배우고
상처와 고통의 영토를 진혼하고 진실을 찾아나선 말들이
그 세 글자로부터 수렴되고 발신하는 끝없는 국어사전

굳세어지리라 나아가리라 멈추지 않으리라
아직도 못다 배운 말이 남아서
여태 시작도 못한 말이 많아서, 우리 서로에게

기록하고 싶은 미지의 역사가 그로부터 시작된 것이어서

오월에는 그 이름, 숨 모아 목놓아 부르오
고통을 나누는 낱낱의 삶에 부활하는 세 글자
가도 영원히 가지 않은 봄을 부르오

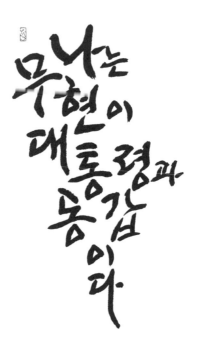

나는 무현이 대통령과 동갑이다

어느날 그는
부엉이바위에서
진일보하여 까마득한
적멸 속으로 들어갔다
그것은 어마어마한
불꽃이었다

이상국 詩 동갑의노래 에서 가마鶴붓

동갑의 노래

나는 한때 적어도 내가 대통령과 동갑이라고 떠들고 다니던 시절이 있었다. 얼마나 내세울 게 없었으면 그런 짓을 다하고 다녔을까만, 세월이 지나 그는 대통령을 졸업하고 봉하의 논두렁 처사가 되었고 나는 내가 기다리던 세상에 대하여 감자를 먹이며 일찍 법정노인이라도 되기 위하여 우주를 아무렇게나 사용하고 있었는데, 세상이 바뀌어 비부鄙夫들이 판을 치자 그는 재계하고 어느 날 부엉이바위에서 진일보하여 까마득한 적멸 속으로 들어갔다. 그것은 어마어마한 불굴이었다. 내가 비록 이런 걸 시라고 쓰고 있지만 지금도 나는 무현이 대통령과 동갑이다.

흑백

여전히 그곳에는 꽃이 활짝 피어 있다

바람 한 점 흐르지 않고
소리는 닫혔지만

오월의
생생한 웃음과
떠오르던 풍선들

당신의 무덤에서 걸어 나온 사람들

차디찬 손들과 악수하고 눈 맞추며

잊혀진
기억 속에서
나를 자꾸 찾았다

언젠가 본 적 있는, 익숙한 얼굴 앞에

죽어서 더욱 빛나는 이름을 새긴다

흑백의 배경 속으로
우린 또 들어간다

바위를 만나면
바위손을 잡고
약속한다 둘의 이마
부터 짚는다 바위틈
에서 울뚝불뚝
모질게 자라는
나무를 보면
한시코 곡괭이
지름가 떠오른다

이정록詩에서 최우련붓

바위를
안고

바위를 안고

나에게는
이름이 하나 더 있다
한사寒沙라는

샘이 솟는 곳, 차가운 모래처럼
까칠한 시가 터져 나오길 바란 것이지만
한사는 원래 커다란 새라는 뜻이다
내가 태어난 황새울이란 마을 이름이
일제강점기에 억지로 바뀐 것이다
한사란 이름 속에는 되찾아야 할 자유와
샘처럼 치솟길 바라는 상상력과
모가 난 분노가 소용돌이치고 있다

차가운 모래는 어디에서 왔을까
정을 맞은 바위에서 굴러 내렸다
짐을 덜어낸 돌팍에서 떨어져 나왔다
어릴 적 내 가방에 몰래 돌을 집어넣던
못된 손모가지들에게서 왔다
그 잔돌을 안마당 추녀 밑에 깔며
네 잘못 아니니까 부끄러워 마라
소나기 퍼부어도 우리 집 마당은 파이지 않을 거야
섧게 웃던 서른 살 어머니의 저고리에서 왔다

모래는 자꾸 어디서 흘러내릴까
부엉이바위를 알게 된 뒤에는
헛바닥을 찢는 고봉 모래밥에서 왔다
모래가 씹히는 눈망울 무덤에서 왔다
남의 희망을 박차버리는 더러운 신발을
햇살 따사로운 바위에 올려놓지 마라
바위를 짓밟고 올라 거짓 전망을 떠들지 마라
바위를 만나면 바위손을 잡고 약속한다
돌의 이마부터 짚는다

바위틈에서, 울뚝불뚝
모질게 자라는 나무를 보면
한사코 곡괭이 자루가 떠오른다

그는 詩人이었다

오래전에
세상을
뜬
시인의
청구번호를
헤아린다
9LL.6
노'75 ㄱ

생전에
아픈
얼굴로
살았던
골목을
찾아가듯
900번대
소곳번호는
낯설다

이종수 詩에서
이한조 붓

그는 시인이었다

아무도 책 빌리러 오지 않는
도서관에 앉아
오래전에 세상을 뜬
시인의 청구번호를 헤아린다

811.6
노75ㄱ

생전에 아픈 얼굴로 살았던
골목을 찾아가듯 800번대
(지금은 동네를 잃어버리고 길로 바뀐)
납골번호는 낯설다
오른쪽으로 몇 발짝 다시 왼쪽으로 몇 발짝
다시 되돌아 스무 발짝쯤에
묻은

눈은 그렇게 하늘에서
온다
땅에 묻은 약속을 캐러 온다
살짝 흙으로 덮어둔
사람들의 청구번호를 찾아
천연덕스럽게 온다

읽지 않아도 넘어가는 책장처럼
분명히 그 시인의 눈빛으로
자주 듣던 음악처럼

삼내사 치른터 해서이 음
꼬시으 나는 꼬피으 일매
물 3으다는 스사이 를 팔매
다 다시의 이지 이돈밧기의
시나다 집지내고 게시가지
안가시 사매 나무가 다시인
별별별별

이준형 월하
한라산 오시랑 나무에서
가사장조

123

한라산 산딸나무

당신 집 마당에 뿌리내린 한라산 산딸나무에 새순 돋았다는
소식 듣습니다

가만 돌이켜보면 격렬한 분노조차도 허망하기 이를 데 없는

그해 봄이었던 까닭에

기억을 불러내는 일은 여전히 고통스럽고

슬픔에 대해 에둘러 말하는 법도 아직 익히지 못했습니다만

삼년상 치르던 해 섬에서 옮겨 심은 나무

꽃 피우고 열매 맺었다는 소식이 들릴 때마다

당신의 인사인 듯 반가웠습니다

잘 지내고 계신 건지

한라산 산딸나무가 다시 안부를 묻는 봄날입니다.

맑은 물가

125

물결무늬

떠나야 하는 날이 있습니다
보고 싶다 말하면 다시 볼 수 없게 된다 중얼거리는 아침
높은 하늘에서 내려다보는 강은 아름다웠습니다
꽉 접혔다가 펼쳐지는 물결은 울다가 활짝 웃는 사람 같고
오래 멈췄다 다시 걷는 사람 같았습니다
가까이서 먼 곳으로, 움직이는 무늬로
물결은 얼굴이었다가 몸이었다가 뒷모습이 되었습니다
떠날 수 없는 날에는 바다로 갔습니다

어렵게 내온 자갈길도
흙밭길을 돌아드니 앉었어도
절나가는 바람도 돌부채소리여이
시꺼믄 인조하는 넋
없은 기다려 꿈꾸는
버리지 않는 서글픈 눈물이

김옥림님 말씀

바퀴가 된 발

안개 낀 시골길
자전거 타고 가는 뒷모습 사진 한 장을
책상 앞에 붙여 놓은 지 오래전이다
대개의 사람들은 흘낏 보며 엽서 속 모델로 안다
안개 가득한 곳으로 자전거를 몰고 가는
한 사내를 배경쯤으로 여긴다
사진을 볼 때마다
김승옥의 무진기행
프루스트의 가지 않은 길
황석영의 삼포 가는 길이 포장되었다면
저런 길일 것이라고 상상한다
어릴 적 배운 자전거는
수십 년 동안 타지 않았어도
찰나처럼 떠오르는 두 바퀴의 기억이
사람들을 인도하는 법
앞으로 가려는 힘과 속력이
쓰러지지 않는 바퀴를 구르게 한다
다가가면 잡을 수 있을 것 같은
멀리 안개 숲으로 가는
당신의 바퀴를 본다
땅에서 떨어진 발이
바퀴가 되어가는

둥근 발을 본다
얼굴이 보이지 않아
웃는지 울고 있는지
눈을 감은 채 표정을 떠올리면
당신은 낭송되는 시이고
읽다가 잠시 접어 놓은 소설이고
위기와 절정의 외줄타기를 하는 희곡이다
사진 속 바퀴를 보며
멈추지 않는 모든 생애와
둥근 발로 걷는 누군가의 발자국을 생각한다

그 사람, 그 이름

농부는 비와 바람을 숭고하게 여기는 사람입니다 위대한
소설가는 사람도 자연의 일부라고 하였습니다

목민관은 백성과 역사를 숭고하게 여기는 사람입니다 위대
한 혁명가 또한 인간은 자연의 일부라고 하였습니다

신의 영역인 우리는
태어나고 떠나고, 또 태어납니다

가을 무렵 숙인 벼를 보면 그해 열매맺이를 알 수 있다 합
니다. 그 사람의 열매맺이는 그와 벗하며 남은 사람을 보면
알 수 있습니다

비바람을 맞고, 눈보라를 맞고
햇살을 맞고, 아침을 맞고, 그리고
이윽고 오는 새 물결과 사람들

당신의 걸음은
언제나 사람을 맞이하는 길 위에 서 있었습니다

오늘도, 당신이 홀연히 두고 간 수많은
이름을 마주합니다 당신의 이름이기도 하고

당신의 목숨이기도 한,

때에 이르러,
이 들판에 봄이 들면 수많은 풀꽃들이 싹을 틔우겠지요

당신을 대신한 이들의
아름다운 그 길 위에

(우리가)

늘 그래왔듯 이 땅의 풀꽃으로……

참되어드는 걸어 밝내치 ...

영웅이 아니라서

영웅이 아니라서 다행입니다
우러러 보느라 목이 아플 일이 없습니다
문지기가 아니라서 다행입니다
혼자 맘 편하게 잠드는 게 미안합니다
그냥 스쳐지나가는 사람이 아닌 것 같습니다
한참을 지나와서도 목이 메입니다
영웅이었으면 편안하게 잊었을 겁니다
든든해서 울지도 않을 겁니다
박수 한번 쳐주고 한번 웃어주고
까맣게 지웠을 겁니다
한번 울어주고 제 갈 길을 갔을 겁니다
그 마을 뒷산을 올라가 보았습니다
영웅이 태어난 마을이었으면
그 오솔길이 그리 소박하겠습니까
영웅이 거닐던 오솔길이었으면
제 고향마을의 동산인 양 친근했겠습니까
돌아서 내려오다가 만난 두 갈래 길에서
혼자 숲으로 깊이 들어가는 길을 내내 바라보다가
그리로 가 보기로 했습니다
조금 더 멀리 돌아서
조금 더 어두운 숲길을 걷다보니
처음 시작한 들머리에 와 있었습니다

아까는 보지 못한 나무를 만났고
더 많은 꽃들을 보았습니다
누군가와 정답게 걸었던 것도 같습니다
영웅이 아니라서 걱정입니다
바보라서 더 걱정됩니다
한참을 지나왔는데도 눈시울이 붉어집니다
자꾸 뒤돌아봐집니다

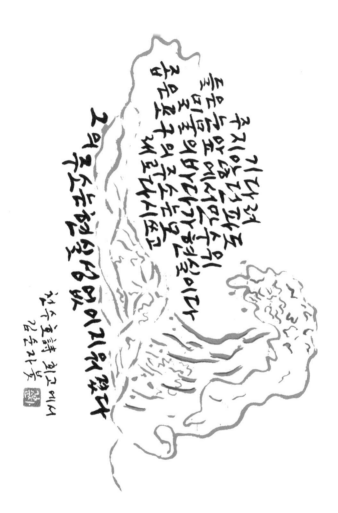

회고

바닷물이 계단을 펼치면서 해변으로 몰려온다

급박한 이별의 소식이 밀려오는 아침처럼
모래밭으로 여러 겹의 계단이 접혀 들어간다

발 디딜 곳을 바다에게 내놓으며 뒷걸음질 친다

기다려주지 않던 파도들은
눈앞에서 만수위
밀물의 바다가 현실이다

좁은 포구의 주소는 모래로 다시 쓰고
그의 주소는 현실성 없이 지워졌다

꽃그늘에 들어
나무 아래 그늘에
내가 들어가 그늘이 되었네

그리움이 깊어서
가슴 가득 그늘이 되어
(읽기 어려움)

138

대멸종

봄이 와도 죽음은 유행이었다

꽃이 추락하는 날마다 새들은 치솟는다는 소문이 떠돌고
창밖엔 하얀 유령들만 날렸다

네 평 남짓한 공간은 개의 시차를 앓고
핏줄도 쓰다듬지 못한 채 눈을 감으면 손목은 파도의 주파수가
된다 그럴 때마다 불타는 별들만 멍하니 바라보았다

누구나 살아 있는 동안 심장 끝에서 은하가 자전한다는 사실을
안다 늙은 항성보다 천천히 무너져가는 지구라면 사각의 무덤 속
에는 더러운 시가 있을까

흙에서 비가 차오르면 일 초마다 꽃이 지는 순간 육십 초는 다음
해 꽃나무

퍼지는 담배 향을 골목에 앉아 있는 무거운 돌이라 생각해보자
얼어붙은 명왕성을 암흑에 번지는 먼 블랙홀이라 해보자
천국은 두 번 다시 공전하지 못할 숨이라 하자

이것을 혁명이자 당신들의 멸망이라 적어 놓겠다 몇백억 년을 돌
아서 우주가 녹아내릴 때 최초의 중력으로 짖을 수 있도록, 모두

의 종교와 역사를 대표하도록

두 발이 서야 할 대지가 떠오르면 세계 너머의 하늘이 가라
앉고 나는 그 영원에서 기다릴 것이다

돌아가고 싶은 세상이 있었다

자기의 길을 불신하는건
실패와 성공을 단순하게
가르는건
역사의 인과에
무지한 탓이라고
말한이가 있었습니다

청운의 詩 에서
강병용 印

노무현

그도 몰라
그말이 어느 시골 선생을
아침마다 뜻을
깨운다는 걸
조금더 가볼자고
한번더 해보자고

141

노무현

내가 가진 것 중에
가장 싱싱한 마음을 챙겨 들고 출근합니다
그러나 실패하는 수업이 절반입니다
싸우고 욕하고 빼앗고 집요하게 괴롭히고
고쳐지지 않는 잘못이 절반입니다
무기력한 그림자를 끌고 퇴근합니다

아침, 다시 깨끗한 옷을 고릅니다
가장 환한 마음을 꺼내 들고 나섭니다
어떤 씨앗이 싹이 틀지
내가 하는 일 중에 무엇이 꽃이 될지
모르기 때문입니다

자기의 길을 불신하는 건
실패와 성공을 단순하게 가르는 건
역사의 인과에 무지한 탓이라고
말한 이가 있었습니다

그도 몰랐겠지요
그 말이 어느 시골 선생을
아침마다 깨운다는 걸

조금 더 가보자고
한 번 더 해보자고

앞으로 돌아누운 너는
이해할수 없는 사람이고
네가 내가 있다는걸
알수 없듯이 서성거리는
슬픔
저 멀리 사슴을 보인다
이제 바다를 건널것이다

헤자인 詩 倍에서
추억이 쓰다 [인장]

144

섬

바위 위 사마귀
바위색 사마귀
그것들 뒤로 그림자
나는 벌써 백발이 되었다

그날 운세는 이러했다
쪽배가 큰 파도를 만나 예상치 못한 일로 변고를 당할 수 있다
그러나 절대 불의를 행하지 마라

트럭을 피하려다 벽에 차를 박았다
보조석 범퍼가 깊게 파였다
아무도 다치지 않았다
무더운 여름이었다

어제는 저녁에 한강공원을 걸었다
죽은 지렁이들을 보았다

실패한 사랑은 아무것도 하지 않는 것에 대한 괜찮은 변명거리
다
누구나 실패하니까
그렇다고 해서 포기할 순 없다

형광봉을 흔드는 한 사람과
참 캄캄한 하늘
네가 가리킨 것은
맑고 향기로운 잘못들이었다

너는 슬퍼지지 않는 것 따위는 삶이 아니라고 말하는 사
람이었고
나무들 사이를 지나는데
손끝이 닿았다

다음 생은 엉망으로 살고 싶어, 마음껏 엉엉 울고 그 누구
도 되지 않는, 그럼 아쉬워도 태어나지 않겠지, 나뭇가지에
옷을 걸어두고 이제 여름으로, 여름으로

사랑한다 말하면 무섭다
그것이 나를 파괴할 걸 안다

초파리가 과일 껍질 위를 맴돌고 있다
옆으로 돌아누운 너는
이해할 수 없는 사람
네가 거기 있다는 걸 알 수 없듯이
서성거리는 슬픔

저 멀리 섬들 보인다
이제 바다를 건널 것이다

이어 있습니다
제가 하겠습니다
새로운 역사를 만들어가겠습니다

모난 돌이 정 맞는다는 어머니
당부에도
사람 사는 세상 만들려
정 맞는 길 찾아 살아가는 사람

그래서
우리 가슴에 옳은 모 하나
세워준 사람
찔레꽃 피면
울컥
생각나는 사람

모

모

이의 있습니다
제가 하겠습니다
새로운 역사를 만들어 가겠습니다

모난 돌이 정 맞는다는 어머니 당부에도
사람 사는 세상 만들려
정 맞는 길 찾아 살아간 사람

그래서
우리 가슴에 옳은 모 하나
세워준 사람

찔레꽃 피면
울컥
생각나는 사람

못다 부른 노래
못다 쓴 편지인고
한 밤에서 다른 한 밤으로 떠는
발소리 멀어지지 않네요

들녘로 품은 희망
땅에 그은 성호
모자 내려놓으려
고요히 별자리를 찾는
여정의 끝으로

봄비 때문일까요
빗줄기 아직 시린데
발소리 가슴에 가라앉을때까지
종일 걸어보네요

발소리

봄비
때문일까요
바윗길 가만히 귀 기울이면
발소리 들려요
부엉이 울음처럼
복숭아 꽃잎 떨어지고
푸른 달빛이 고였을 텐데
찬 밤하늘 담은 감잎 쌓이고
눈 소복이 덮였을 텐데
발소리 지워지지 않네요

못다 부른 노래
못다 쓴 편지 안고
한밤에서 다른 한밤으로 딛는
발소리 멀어지지 않네요
등 뒤로 품은 희망
땅에 그은 성호
모자 내려놓으며
고요히 별자리를 찾는 여장의 끝으로
봄비 때문일까요
바윗길 아직 시린데
발소리 가슴에 가라앉을 때까지
종일 걸어보네요

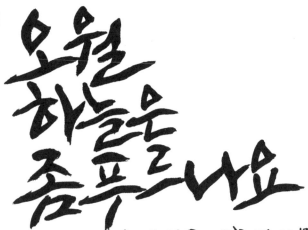

오월
하늘은
좀푸르나요

자전거를 타고 저수지를 빙돌아 달려다 아무곳에
게나 늘어져놓고 잠들고싶네요 잠에서깨면 눈앞에
있는 노루 한 마리 낯선 눈빛으로 나를 바라볼까요

허택훈輝 에게끝드 그린에서
장흥광복 손필

에메랄드그린

비파가 노랗게 익으면
나의 노래도 감로처럼 달겠지요

먹기 좋게 익은 비파도 노래를 불러요
빗방울 머금고 말랑말랑한 노래를

다육과가 익는 게 내 탓은 아니잖아요
5월 하늘은 좀 푸르나요

점심시간에 상추에 밥 한 숟갈과 된장을 넣고
입 크게 벌려 배부르게 먹었어요

자전거를 타고 저수지를 빙 돌아 달리다
아무렇게나 눕혀 놓고 잠들고 싶어요

잠에서 깨면
눈앞에 있는 노루 한 마리
낯선 눈빛으로 나를 바라볼까요

아침 시장에서 산 비파를 그릇에 놓고
수돗물을 틀어요
콸콸콸 시원하게 물이 쏟아지네요

한참을 바라보는 5월 수위水位

사람들의 노래가 들려요
너무 잘 익어 무른

참여작가

「그가 꽃 핀다」 · 글 김남극, 붓 박나은

「네 노래를 불러라」 · 글 김 륭, 붓 김미화

「돌아오지 마라, 봄」 · 글 김병호, 붓 김성장

「산수유꽃 지면」 · 글 김성규, 붓 김성장

「꽃」 · 글 김성장, 붓 김성장

「그런 아내를 제가……」 · 글 김수열, 붓 이미지

「꽃다지」 · 글 김신숙, 붓 김성장

「영혼이 선한 목수」 · 글 김용락, 붓 조원명

「기척들」 · 글 김은경, 붓 김성장

「노래, 노무현!」 · 글 김준태, 붓 김수경

「오월이 꼿꼿이 서서 온다」 · 글 김정경, 붓 백인석

「봄밤」 · 글 김 참, 붓 임보경

「당신의 이름」 · 글 김채운, 붓 고임순

「농사꾼 노무현」 · 글 김해자, 붓 김성장

「불우해도 고백」 · 글 김혜연, 붓 김성장

「운명」 · 글 도종환, 붓 추연이

「희한한, 아무튼 희한한」 · 글 류정환, 붓 박정화

「오월에서 기다리겠습니다」· 글 문 신, 붓 김 선

「노무현을 추억한다」· 글 박구경, 붓 문명선

「평안하시라는 말 하지 않겠습니다」· 글 박남준, 붓 김성장

「금」· 글 박소영, 붓 장동광

「산맥이 없는 산봉우리」· 글 박승민, 붓 김광철

「봄날의 부탁」· 글 박주하, 붓 한미숙

「어떤 페이지」· 글 백애송, 붓 백인석

「부엉이바위」· 글 손택수, 붓 김성장

「개똥벌레 이야기」· 글 송진권, 붓 정진호

「당신의 부활, 그 찬란한 부활」· 글 신경림, 붓 양은경

「고마워요 미안해요 일어나요」· 글 안도현, 붓 박나은

「오월」· 글 안상학, 붓 김정혜

「의義」· 글 안현미, 붓 김미정

「어느 새가 다른 새에게 말을 걸 때」· 글 양안다, 붓 구선곤

「아주 작은 비석 하나」· 글 오성인, 붓 권오진

「난 꾸는 사람」· 글 유강희, 붓 김명회

「당신의 참말」· 글 유용주, 붓 박　철

「제가 지금 그렇습니다」· 글 윤석정, 붓 김수경

「노랑」· 글 이기록, 붓 박행화

「나의 어떤 국어사전」· 글 이민아, 붓 김성장

「동갑의 노래」· 글 이상국, 붓 김미화

「흑백」· 글 이송희, 붓 고여성

「바위를 안고」· 글 이정록, 붓 최우령

「그는 시인이었다」· 글 이종수, 붓 이현정

「한라산 산딸나무」· 글 이종형, 붓 김성장

「물결무늬」· 글 임주아, 붓 강민숙

「바퀴가 된 발」· 글 정덕재, 붓 강경순

「그 사람, 그 이름」· 글 정훈교, 붓 정진호

「영웅이 아니라서」· 글 조말선, 붓 박명순

「회고」· 글 천수호, 붓 김순자

「대멸종」· 글 최백규, 붓 송정선

「노무현」· 글 최은숙, 붓 김성장

「섬」· 글 최지인, 붓 추연이

「모」· 글 함민복, 붓 김성장

「발소리」· 글 허유미, 붓 김성장

「에메랄드그린」· 글 현택훈, 붓 장동광

강물은 바다를 포기하지 않습니다

2019년 5월 23일 1판 1쇄 찍음
2019년 6월 3일 1판 2쇄 펴냄

지은이   함민복 외
펴낸이   김성규
책임편집 이계섭
디자인   김동선
펴낸곳   걷는사람
주소   서울시 마포구 월드컵로 16길 51 서교자이빌 304호
전화   02 323 2602
팩스   02 323 2603
등록   2016년 11월 18일 제25100-2016-000083호

ISBN 979-11-89128-35-7 04810
ISBN 979-11-960081-0-9(세트) 04810